ISBN: 978-94-92252-00-5

Gigantisch gereedschap

1. ONTVANGST

Als ik niet geweten had dat het dorpje hier ongeveer moest liggen was ik er, denk ik, gewoon voorbijgelopen. Vergeleken met waar ik vandaan kom was alles hier ongelofelijk popperig en klein. Later raakte ik daar wel aan gewend en voelde dat ook niet meer zo vreemd, maar in het begin was het net alsof ik door een soort niemandsland liep. Ik bleef staan op een paar honderd meter afstand van de rand van het dorp, zoals de gewoonte is. Achthoven heette dat dorp, het bestond uit acht verschillende dorpskernen. Dat ik daar stond moet voor iedereen in Achthoven duidelijk te zien zijn geweest, maar toch duurde het tot laat in de middag voor er een delegatie van dorpelingen aan kwam gereden over het stoffige, minuscule weggetje. Hoewel de rijdieren getraind waren voor deze gelegenheden kwamen ze nerveus over. Schudden met hun grote gehoornde koppen, zwiepen met de staart, schrapen met hun tenen door het zand. De kar met daarop de communicator werd in positie geplaatst. De spreker nam plaats. In tegenstelling tot veel van mijn soortgenoten heb ik redelijk goede oren en in de stilte van de middag hoorde ik het gekwetter van de dorpsbewoners net boven de gehoorgrens, het klonk als het ritselen van de storm tussen de rotsen van mijn spelonk, of het van doodsangst met wijd open mond zuchten van de bergklimmers met hun sterke grijppoten als ik ze losrukte van de steile bergwanden. De gehoorbeschermers gingen op bij de dorpelingen, blijkbaar ging het gesprek beginnen.

"Naam?"

De machine klonk schel en dun, maar ik verstond het tenminste. Ik herinnerde me de instructies heel goed, dus ik fluisterde mijn antwoord.

"Boddroenkr," waarbij ik de twee na elkaar komende D's duidelijk los van elkaar uitsprak.

"Bedrijf."

"Boddroenkr Bouwnijverheid & zn."

"Reden van aanmelden."

Deze vraag verbaasde mij nogal. Het was namelijk het dorp dat mij had uitgenodigd hier te komen.

"Ik ben uitgenodigd door de firma DAE."

Het was even stil aan de andere kant, hoewel er zichtbaar overleg gepleegd werd. Er kwam weer een vraag.

"Uw nummer."

Nummer? Ik wist van geen nummer. Ik fronste mijn wenkbrauw en zag verscheidene mogelijkheden

ontstaan. In een van die mogelijkheden pakte ik een brief en vond daarin een nummer. Ik pakte de brief en las het nummer voor.

De cijfers kwamen langzaam met grote golven, de machine versnelde ze en gooide daarmee de toonhoogte omhoog zodat ze voor de mensen makkelijker te verstaan waren.
"Nou, dat lijkt ook te kloppen," zei de man die naast de machine instructies had staan geven. Hij draaide zich om naar de spreker en gaf een vel papier.
"Communiceer dit even aan de Reus, daarna kan hij meteen aan de slag met het opruimen van zijn voorganger."
De Spreker tikte zijn pet aan en sprak langzaam in de spreekbuis van de machine die zijn stem vertraagde en luider maakte. Daarna leunde hij achterover terwijl het rommelende geluid van de machine over de weilanden richting de meer dan 30 meter grote Reus denderde.
De Reus was duidelijk moe van de lange tocht die hij achter de rug had. Hij knikte langzaam bij het horen van het bericht. Hij leek iets kleiner dan de vorige Reus, maar had dezelfde kenmerkende gelaatstrekken. Een groot overhangend voorhoofd waaruit de neus recht naar beneden stak, daaronder een relatief smalle mond, die wel heel breed doorliep, en aan de hoeken omhoog krulde alsof hij steeds een binnenpretje had. De kleine ogen, nauwelijks zichtbare puntjes onder het brede voorhoofd en de dikke wenkbrauw leken somber en waakzaam. Ook deze Reus had een grote koffiemelkgele cirkel op zijn voorhoofd, alsof daar het vel was verwijderd en je recht op het -gepolijste- bot keek. Stug zwart haar als een borstel stond rechtop op zijn hoofd en hetzelfde soort haar vormde een vierkante baard. De Reus was zeker 20 keer zo groot als een gemiddeld mens. En ook al was het de gewoonte dat er een Reus in de buurt van Achthoven woonde, het bleef een bijzonder en spectaculair gezicht een Reus die net vers uit het Reuzengebergte kwam te zien. Zijn laarzen alleen al waren zo groot als een flinke boerenkar, waanzinnig! Nog veel waanzinniger en in de ogen van de Achthovenaren iets dat ronduit barbaars was, waren zijn kleren. De Reus Boddroenkr droeg de traditionele reuzenkledij die bestond uit een lang leren vest met een diepe V-hals, mouwen tot iets over de ellebogen, de polsen versierd met ruwe en roestige metalen armbanden. De broek was ook van leer maar liet, tot geïnteresseerde afschuw van de dorpelingen, zijn kruis en billen vrij zodat het waarlijk reusachtige geslacht van de Reus vrij in de open lucht hing te bungelen.

(6)

De broek eindigde in leren riemen die om de kuit gewikkeld waren, daaronder enkelhoge laarzen die ook met een ingewikkeld vlechtwerk van riemen en lussen dichtgebonden waren.
Een laatste bevestigend antwoord van Boddroenkr en de spullen van de kar werden afgeladen waarna de hele groep weer vertrok, terug naar het dorp, de Reus achterlatend in het weiland.

Ik liep langzaam naar het stapeltje spullen dat de mensen voor me hadden achtergelaten. Een schepje, een instructieboekje, een contract en een soort schort dat ik voor mijn kruis moest binden als er mensen in de buurt waren. Het schort stopte ik in mijn rugzak. Ik begreep het nut daarvan niet zo goed, maar ja. In het instructieboekje vond ik een kaart van de omgeving en ook waar mijn onderkomen gesitueerd was, drinkwater kon vinden en plaatsen waar ik mijn afval en ontlasting kwijt kon. Ik ging op weg, het was niet zo ver. In een windvlaag rook ik een weeë geur van dood, verrotting, ontbinding die sterker werd naarmate ik vorderde. Na korte tijd zag ik in de flank van een heuvel een groot gat. Ik glimlachte; dat zag eruit als een reuzengat. Hoewel het flink groot was moest ik toch bukken om binnen te gaan. Vlak voordat ik daadwerkelijk naar binnen ging, verstijfde ik. Midden in het onderkomen lag een Reus. Ik bukte en liep behoedzaam verder, de lucht was hier stroperig dik van de stank. En toen ik in de leefruimte van de grot kwam, was daar inderdaad de Reus. Dood. En hij was dat ook al enige tijd zo te zien. Vreemde kleren had ie aan. Een blauwe broek die ook zijn onderbuik en kruis afsloot en een wit shirt. Of in ieder geval een shirt dat ooit wit was geweest. De voor reuzen kenmerkende cirkel op zijn zware voorhoofd was veranderd in een gapend gat van waaruit de intense stank van verrotting zijn oorsprong leek te hebben. Ik kwam met tegenzin dichterbij. De blauwe broek bleek ook vol stinkende ontlasting te zitten.
"Ach, mijn reuzenbroeder, wat is dan toch de oorzaak van deze ontluisterende dood van jou?"
Geen antwoord. En ook geen echo's van zijn tijdsbeeld. Dat was op zich te verklaren door de afwezigheid van zijn tijdoog, maar maakte toch dat ik me heel ongemakkelijk voelde. Het was gewoon griezelig als je reuzenbroeder zo volledig afwezig was terwijl zijn lichaam voor je lag. Het schepje dat de mensen voor mij hadden achtergelaten ging nu van pas komen. Misschien was dat zelfs de reden dat ik het gekregen had. In het dorp moesten ze ook flink last hebben gehad van de intense stank die hiervandaan kwam.

Aangezien uitstel niets zou opleveren, pakte ik het lichaam onder de schouders en trok het naar buiten. Daar hakte ik het met mijn mes in slijmerige stukken en maakte in de omgeving een aantal kuilen waarin ik ze begroef. Volgens reuzengebruik in een wijde cirkel rondom de woonplaats. Tien grote kuilen en twaalf kleinere. Bij het wegbrengen van de voeten zag ik dat ze allebei een vreemde kwetsuur vertoonden. Ik zag een krans van gaten gevuld met oude pus en een verpulverd enkelgewricht. Alsof hij met beide voeten in een klem was getrapt. Mijn arme reuzenbroeder had een soort van ongeluk gehad waardoor hij niet meer kon lopen en was uiteindelijk van honger en dorst omgekomen, liggend in zijn woning. Waarschijnlijk hadden de mensen geen vermoeden gehad van het drama, totdat ze hem nodig hadden voor werkzaamheden. Bij het afdekken van de twaalf kleine kuilen zong ik daarover mijn afscheidslied. Het was natuurlijk niet te vergelijken met een lied van tijdsbeelden, maar beter dan niets. Daarna liep ik de grot weer in. Stikdonker voor mensenogen, voor mij door mijn tijdoog helderder dan daglicht.

2. KIJKEN

Aelita had zich kundig verstopt in een dikke boom met brede, bijna horizontaal uitlopende takken. Toen de Reus sprak had ze haar vingers diep in de oren gestoken, maar dat bleek toch wel een beetje overdreven. Het geluid was hard, maar niet ondraaglijk. Ze kreeg de indruk dat hij erg zijn best deed zacht te praten. Het geluid van de communicatormachine was eigenlijk irritanter, met zijn bulderende naar explosies klinkende uitbarstingen. Erg hard en veel ruis. Voor de Reus kwam dat blijkbaar heel anders over, want hij hield zijn hoofd scheef en er stond een geconcentreerde uitdrukking op zijn ongewone gezicht als de machine sprak, alsof hij naar gefluister in de verte luisterde. Maar wow…. wat een verschijning, deze fantastische Reus uit het oosten van Europia. Ze had natuurlijk de vorige Reus wel gezien als hij aan het werk was op een van de bouwplaatsen, maar die had meer geleken op een heel groot mens. En ze had zijn gezicht nooit gezien door de helm die hij altijd droeg. Maar dan deze Reus. Trots, torenhoog, een woest maar tegelijk vriendelijk gezicht met die opvallende cirkel op het voorhoofd. En dan die kleren en die… ze durfde er eerst

niet rechtstreeks naar te kijken ook al was ze alleen en kon niemand haar zien. Zelfs toen ze zich er eenmaal van overtuigd had dat ze toch echt alleen was en ze de bungelende lul van de Reus nauwkeurig bestudeerde bleef het gênant er zo naar te kunnen kijken. Het gevaarte deed haar denken aan de paardenlul van de schillenboer. Of nou ja, van het paard van de schillenboer, verbeterde ze zichzelf. Ook bij de Reus leek het erop of het orgaan kon in- uitschuiven, naar believen. De glanzende top eindigde in een spitse punt. Het gesprek tussen de Reus en de machine was afgelopen en de mensen liepen terug naar het dorp. Ze aarzelde even, maar zag dat de Reus de spullen al had opgepakt en met grote stappen in de richting van de heuvels verdween. Die haalde ze niet meer in. Dus ze sprong uit de boom om terug te gaan naar het dorp. Ze sprong bovenop Kury Tage, het buurmeisje van tegenover. Kury kreeg een knalrode kop, ze voelde zich betrapt. Maar dat voelde Aelita zich ook. Ze haalde al diep adem om Kury eens flink uit te schelden, maar in plaats daarvan schoot ze in de lach vanwege het ontdane gezicht van haar buurmeisje. Na een verbaasde aarzeling deed Kury maar mee. Toen ze uitgelachen waren keek Kury Aelita schuin aan.
"Wat vond jij ervan?"

"Waarvan? Van de Reus of van zijn, euh,.." Aelita begon weer te giechelen.
"Allebei," zei Kury serieus.
"Hmmm. Ik weet het niet. Deze Reus lijkt wel heel anders dan de vorige. Wilder, zelfbewuster. Hij loopt ook niet alsof hij een blinde in het donker is."
"Ja, dat viel mij ook op."
"En over dat andere… ik wist niet dat zoiets kon bestaan…"
Kury reageerde hier niet echt op, maar leek in gedachten verzonken. Aelita keek naar de inmiddels volkomen lege weg naar het dorp.
"Kom, laten we snel naar huis gaan."

Een kwartiertje later liep Aelita de keuken in, ze hoorde haar moeder zeggen:
"Maar dan hebben we dus een maagd nodig."
"Een maagd? Wat is dat?" Aelita pakte een appel uit de fruitschaal op tafel en plofte op de bank. In de woonkamer zaten zes vrouwen. Behalve Aelita's moeder, Rogue, was dat de overbuurvrouw Hermy, zij was de moeder van Kury, dan een vriendin van haar moeder, Irry, en dan nog drie vrouwen. Een donkere, een roodharige en een blonde die Aelita alle drie nog niet kende. Rogue glimlachte geforceerd.

(9)

"Een maagd, dat is een mooi jong meisje."
"Zoals ik?"
"Of zoals Kury," zei Hermy.
Aelita fronste haar wenkbrauwen. Ze kauwde op haar appel met half open mond. Zelf dacht ze niet direct aan 'mooi' als de naam van Kury viel. Eerder aan 'compact' of 'potig'.
"Mondje dicht als je eet, liefie." Het klonk als een mechanische opname zoals haar moeder het zei.
"En wat moet die maagd dan doen?"
Een van de drie vrouwen, die met het zwarte haar, nam het woord.
"Ik zal ons even voorstellen. Ik ben Dominance, deze roodharige schoonheid is Azimuth en de blonde verschijning is Elevation."
Aelita keek ze een voor een aan. Het waren net drie heksen, niet zozeer door hoe ze eruit zagen, maar door wat ze leken uit te stralen. Op het eerste gezicht leken het mooie vrouwen, stijlvol, peinsde ze verder, maar als je recht naar ze keek helemaal niet. Dan leek Dominance op een zielig paard, Azimuth op een vissekop en Elevation op een woeradoekovogel, met haar ogen omkranst door lamellen.
"Wij zijn van de firma DAE," vervolgde Azimuth, "en wat betreft het maagdenmeisje moet doen, niet veel

bijzonders. Ze moet een bad nemen onder de waterval, vlakbij Reuzenheuvel."
"Zwemmen? Dat mag toch niet daar, vanwege de Reus?"
Dominance deed verbaasd, ze maakte een ontkennend gebaar met haar spinnenvingers.
"Van wie mag dat niet dan? Er staat nergens dat dat niet mag hoor, het mag gerust."
"Dan wil ik dat best doen, ik ga m'n bikini pakken!"
"Nee!" De stem van haar moeder klonk overstuur.
"Oh, geen probleem hoor, dan gaat mijn Kury wel."
Dominance keek bedenkelijk, maar reageerde niet.
Hermy glunderde.

3. BOUWPLAATS

Ik stond te wachten aan de rand van de bouwplaats,
maar had steeds een ongemakkelijke jeuk. Het
verplichte schort schuurde vervelend in mijn
kruis. De bouwplaats bestond uit een soort van
winkelcentrum met appartementen in aanbouw. De
appartementen waren nog niet zo heel ver af, het
moesten flats van een verdieping of tien worden,
had ik gezien in de informatie die me gegeven was.
De communicatormachine schetterde. Ik volgde de
aanwijzingen op en liep naar wat ik later leerde als de
Reusoptuigplaats. Daar was een diepe kuil, als een
zitbad, waarin ik moest plaatsnemen.
"Wat gaan we doen?"
De communicator antwoordde.
"Om het mogelijk te maken voor de machinist om jou te
besturen, krijg je een helm op waarin hij plaatsneemt. "
"Waarom zou ik bestuurd moeten worden? Ik kan toch
gewoon instructies krijgen?"
"Om het mogelijk te maken instructies aan jou door
te geven, krijg je een helm op waarin de machinist
plaatsneemt."
"Oh. Werkt dat beter dan via de communicator?"

Geruis, geklik; zoemmmPIEP...
"Ja."
Ik zag mezelf rustig werken en grote platen van
de grond optillen en op de flat zetten die we aan
het bouwen waren. Kettingen ondersteunden mijn
bewegingen. Ik haalde mijn schouders op en ging in
de kuil zitten. Via een soort van hefboomconstructie
en kettingen met katrollen werd een enorme helm op
mijn hoofd gehesen. Hij zakte langzaam naar beneden,
een muffe geur van zweterig koper en oud bloed
omklemde mijn hoofd. Het was bepaald onplezierig.
Daarna werden er vanaf de helm kettingen naar
mijn ellebogen, polsen en vingers geleid en via ringen
vastgezet. Alsof ik een marionet was. Dit leek voor mij
helemaal niet meer op een communicatietool, maar
toch echt een 'besturingssysteem', alsof ik een soort
van willoze verzameling overmatige botten en spieren
was. Ik wilde wat zeggen, maar de helm belette het
mijn mond te openen. Dat was niet prettig. Ik zag
mezelf worstelen de helm af te krijgen. Ik wilde snel
de helm afzetten maar toen ik mijn armen optilde om
dat te doen flitste er een verschroeiend beeld door mijn
tijdoog dat eindigde met een beeld van mezelf slap en
levenloos vooroverhangend in de zitkuil. Ik liet mijn
armen zakken. In mijn oor hoorde ik de machinist

schreeuwen, eerder met ongeduld dan met paniek in zijn stem. "Rustig aan Reus! Niet bewegen! Laat die helm met rust!" Ik kon niets terugzeggen, maar zag in de korte tijd vooruit die ik nu nog maar kon zien geen mogelijkheden iets anders te doen dan afwachten. Ergens stelde me het ook gerust dat ik de machinist goed en duidelijk kon horen, misschien was de helm toch gewoon een verbeterd communicatieapparaat. Wat me wel dwars zat was dat mijn tijdoog steeds minder ver leek te kunnen zien, hoe ik me ook concentreerde. Ik was altijd vrij goed geweest in ver vooruitzien. Soms wel dertig stappen. Voor het dagelijks leven is een stap of vijf, zes meestal voldoende. Maar nu kostten twee stappen al veel moeite en ik voelde een scherpe hoofdpijn opkomen als ik het probeerde. Ik was gevangen in het absolute nu. De enige momenten dat ik zo weinig vooruit kon zien waren normaal gezien eigenlijk alleen tijdens een orgasme. Seks trekt het bewustzijn en daarmee ook het vooruitzien helemaal naar binnen, soms zelfs zo dat het andersom werkt en het orgasme blijft na-ijlen. Het niet kunnen vooruitzien hoorde voor mij dus heel sterk bij privémomenten en de beperking die ik nu onderging maakte dat ik me ook om deze reden extra ongemakkelijk voelde. Maar praktisch gezien was het ook erg onhandig. Op deze manier kon ik

niet werken. De lichtogen van reuzen zijn slecht, om het mild uit te drukken. We zien in licht-donker contrasten en dat is het wel. Nooit een probleem, maar zonder vooruitzien wel! Ik kan dan geen stap doen zonder grote vernielingen aan te richten. De stem van de machinist schetterde weer in mijn binnenoor.

"Luister, Reus. We gaan de procedures even doornemen zodat we geen ongelukken krijgen. Je kunt niet praten, vanwege de geluidsoverlast die dat veroorzaakt. We hebben ons te houden aan de gemeentelijke verordeningen op dat gebied. Hetzelfde geldt voor hoe we onze Reus inzetten. Die mag alleen werken onder besturing van een gediplomeerde machinist. Dat betekent voor jou dat je de instructies van de machinist strikt moet opvolgen. Je mag zelf geen initiatief nemen. Ik ben één van de twee aan jou toegewezen machinisten, mijn naam is Tod Hierro. Ik werk in ploegendienst met mijn maat, Niej Vedahr. Als je begrijpt wat ik je zeg, knipper je tweemaal met je ogen. Ik ergerde me. Dit was wel heel irritant. De meest stupide manier om te werken die ik me kon bedenken. Vooral de gedachte dat ik mijn veiligheid maar vooral die van de mensen om me heen in handen moest leggen van meneer Hierro. Ik kon hem niet vertellen dat ik geen vooruitzicht had, noch hoe gevaarlijk dat was. Ik probeerde mijn hoofd te schudden. Ik zag te laat wat dat zou betekenen en de donderende pijnscheut recht in mijn tijdoog zinderde tot diep in mijn lijf.

"Geen gekke dingen doen Reus!"

De stem van Tod legde iets van minachting in de titel Reus die mij niet alleen verbaasde omdat ik niet begreep waar dat vandaan kwam, maar mij ook onverwachts kwetste.

"Reus, luister. We hebben een elektrische sonde recht op die gevoelige plek op je voorhoofd gezet en ik zal niet aarzelen om die te gebruiken om onze veiligheid te waarborgen, zoals je net gemerkt hebt. Dus geen flauwekul! We hebben het beste met je voor en willen snel met je aan het werk. Maar dan moet je wel meewerken. Begrijp je dat? Dan twee keer knipperen."

Ik was nog versuft van de elektroshock. Moeilijk om helder te denken, zeker zonder vooruitzicht. Op dit moment waren er geen keuzes; ik zag ze simpelweg niet. Dus ik knipperde tweemaal met mijn lichtogen.

"Mooi zo. Dan gaan we nu de besturing oefenen."

De rest van de dag waren we bezig de besturing te testen en te oefenen. Middels de kettingen en kabels en elektrische schokken kreeg ik commando's die dan bepaalde handelingen inhielden. Zoals bukken, reiken, grijpen, tillen, draaien, zakken, loslaten. Het

was heel inspannend en vooral erg stressvol omdat de besturing, zoals Tod het noemde, behoorlijk indirect was. Gelukkig kreeg ik gedurende de dag langzaam weer wat zicht terug. Tod Hierro interpreteerde dat alsof het betekende dat ik de besturing beter volgde en begreep. Dat was helemaal niet waar vrees ik, die besturing was volledig ontoereikend voor het precisiewerk dat van mij gevraagd werd. Aan het einde van de dag kreeg ik de opdracht weer in de zitkuil plaats te nemen en de helm werd afgenomen. Ik zag al van tevoren waar het mis ging, maar klemde mijn kaken op elkaar en zag met enig genoegen hoe de mannen schreeuwden en doorweekt raakten van de straal bloed die uit een snee in mijn wang stroomde. Ik zag Tod Hierro een meter of dertig verderop staan. Een kleine figuur met een blauwe overall aan en een gele helm op. Hij zag er vermoeid uit.

"Tod, kan ik even met je praten?" vroeg ik. Ik zag Tod geïrriteerde gebaren maken naar een andere man even verderop. Die knikte. Tod liep naar de communicatormachine en klom erin.

"Wat moet je?"

Zijn stem was veel moeilijker te verstaan via dit apparaat dan via de helm.

"Ik kan jullie zonder helm veel beter van dienst zijn. Sneller en veiliger werken, ik kan over twee weken klaar

(14)

zijn met dit gebouw."

"Dat staan de voorschriften niet toe."

Ik wees naar mijn tijdoog.

"De helm belemmert de werking van mijn vooruitzicht, van mijn tijdoog. Dat is gevaarlijk."

Het bleef even stil aan de andere kant.

"Wat bedoel je, 'tijdoog'?"

Ik begreep de vraag niet zo goed. Wat viel daar nou aan uit te leggen?

"Ik kan maar weinig stappen zien, ik moet er zeker tien zien. Ik kan soms wel dertig!" Ik sprak met trots.

"Oh, dat gelul over de toekomst zien, bedoel je zeker? Nou luister eens, hou die religieuze onzin maar voor je. Dat is leuk voor bij jullie thuis, maar wij laten ons niet misleiden door toverpraatjes. Je wordt ingehuurd om hier te werken en je zult je dus moeten conformeren aan de hier geldende regels. Dat betekent dat de helm verplicht is. Discussie gesloten. Ik heb er sowieso geen behoefte aan om te socialiseren met een ondergeschikte Reus. Morgen werken we verder, ajuu."

Tod Hierro klom van de communicator af en verliet zonder verder om te kijken het bouwterrein.

Ik keek hem peinzend na. Er was toch wel erg veel verschil tussen mensen en reuzen, meer dan lengte alleen, concludeerde ik.

4. ZWEMMEN

"Nee Kury, dat kun je uitlaten."

"Mam! Dat is toch raar!"

"Er is hier niemand, je hebt geen badpak nodig. Dat is juist het mooie van in de natuur zwemmen."

Kury keek onzeker om zich heen.

"Jij bent er," concludeerde Kury. Haar moeder glimlachte geforceerd.

"Maar ik ben je moeder."

"Precies," pruilde Kury. "Kijk mams. Ik weet best waarom ik hier ben en wat ik moet doen. Dat betekent niet dat ik graag wil dat mijn eigen moeder me zo ziet. Het is al raar genoeg dat je me dit vraagt!"

Kury had haar besluit genomen en haar onzekerheid naast zich neergelegd. Haar moeder wilde wat zeggen maar Kury was haar voor.

"Mam, ik doe dit op mijn manier of je kunt het helemaal vergeten. Oké?"

Haar bruine ogen priemden met een onverwachte volwassenheid. Haar moeder zuchtte.

"Prima. Dan doen we het zo."

"Dan ga je nu ook naar huis, mam."

Hermy Tage draaide zich gelaten om en klom langzaam

(15)

via het kronkelende bospad omhoog naar het dorp, het veel gemakkelijker begaanbare brede reuzenspoor dat duidelijk zichtbaar even verderop liep vermijdend. Kury liep langzaam richting het kleine meertje met de brede klaterende waterval. De contrasteermachine stond klaar, het ding had recentelijk een geïmproviseerde opknapbeurt gehad. De focus stond op de waterval en de messcherpe zwart-witprojectie was zichtbaar, iets van honderd meter verderop en een meter of tien boven de grond. Strak en driemaal driedubbel levensgroot, als een zwevend stuk vloeibaar beton. Kury trok de strikjes van de lintjes die haar zomerjurkje om haar hoekige schouders omhoog hield los en liet het jurkje op de grond glijden. Haar badpak was zwart, haar huid was bleek en vlekkerig. Maar vooral bleek. En vlekkerig. Ze keek schuin achterom naar de projectie, maar ze was nog niet in beeld. Ze probeerde met een teen het water. Het was niet koud, maar voelde wat slijmerig en onaangenaam dik. Ze haalde haar schouders op en stapte zonder verdere aarzelingen het donkere water in. Glibberige modder tussen haar tenen. Ze waadde naar de waterval, dikke bellen stegen op van de bodem, samen met donkere wolken modder. Ze zag uit haar ooghoek dat ze nu in beeld kwam. Het contrast tussen haar huid en haar badpak werd verdiept tot inktzwart en verblindend wit. Ook haar gezicht leek wel een poparttekening met zwarte haren, ogen als gaten, mond als een zwarte scheur. Ineens zag ze hem staan. Ze wist niet of hij er al langer stond of net was aangekomen. Hij keek strak naar de projectie. Ze had in ieder geval meteen zijn aandacht weten te trekken. Ze deed haar armen langzaam omhoog en probeerde haar bakstenen figuurtje gunstig uit te laten komen. Hij stond nog niet helemaal goed, dus ze schoof nog iets dichter naar de waterval toe. Hij deed een stap naar voren. Dat was beter! Hij had het verplichte schort afgedaan en tussen zijn benen was te zien dat er wel iets gebeurde, maar nog lang niet genoeg. Kury zuchtte. Nou, daar ging ze dan. Langzaam en zo sierlijk als voor haar plompe manier van doen maar mogelijk was gleed ze uit haar badpak en liet het met een koket gebaar wegdrijven in de stroom van het water. Haar borstjes plakten als puntzakjes tegen haar lijf, de tepeltjes staarden somber omlaag. De Reus bracht zijn hand langzaam omlaag. Kury kronkelde en deed hetzelfde. Om haar benen wat te spreiden tilde ze haar linkervoet op, maar bij het neerzetten trapte ze op een scherpe steen onder water. Met een kreet van schrik verloor ze haar evenwicht en viel achterover in het water, haar benen in de lucht. Ze kwam proestend weer boven,

(16)

zwiepte haar haar achterover en wreef met haar handen het water uit haar ogen. Ze deed haar ogen open, net op tijd om een lange slijmsliert vlak voor haar in het water te zien kwakken.

"Oh jee…" zei ze hardop. Maar daarna haalde ze opgelucht adem toen ze zag dat de opvangbakken ook wat van het kostbare slijm hadden opgevangen. Die opluchting op haar gezicht maakte al heel snel plaats voor schrik toen het water rondom haar begon te borrelen en te kolken, alsof er een hele school wilde vissen op haar af kwam. Ze slaakte een gilletje toen ze iets tegen haar been voelde glibberen. Het gilletje ging over in gekrijs toen ze heel duidelijk iets voelde binnendringen. Ze strompelde door het vettige water naar de kant waar ze op handen en knieën zat na te hijgen. Na een korte tijd keek ze om zich heen. De projectie van de waterval hing er nog, maar de Reus was er niet meer. Ze keek naar beneden en zag er een straaltje vers bloed over de binnenkant van haar dijen lopen. Ze greep in haar kruis en had meteen een handvol bloed te pakken. Op de achtergrond hoorde ze voetstappen ongerust dichterbij komen.

"Mam?"

5. ONGELUK

In eerste instantie schrok ik me een ongeluk toen voor de tweede keer die dag mijn vooruitzicht verdween. Ik bleef stokstijf staan, maar herkende toen de situatie. Er kwam een orgasme aan en dan was er geen vooruitzien, alleen het moment zelf. Het was vrij heftig en ijlde daarna nog een tijdje na in echo's van beelden van het meisje onder de waterval. Maar toen ik weer een stap of vijf vooruit kon zien vervolgde ik mijn weg naar mijn verblijf. Ondertussen hier en daar wat voedsel verzamelend. Het dorp had me een goede plaats gegeven, zo vlakbij een groot bos en stromend water, ook al was de waterval dunnetjes. Het bos bestond uit verschillende soorten bomen waar ik een lekkere salade van kon maken. Ook een paar dennenbomen voor een pittige smaak.

De volgende ochtend, na een eenvoudig ontbijt bestaande uit wat crackers die ik van thuis had meegenomen gegarneerd met verse boomtoppen, liep ik naar het meertje om te urineren in het meertje en me even op te frissen aan de waterval voor ik naar het werk ging. Onderweg struikelde ik bijna over een mensenmachine, die leek een beetje op de communicator maar nu met een soort lens erin of zo. Een projectieapparaat? Hoe dan ook, het ding was onherstelbaar kapot en ik mikte het ding in het meertje, waar het langzaam naar de bodem zonk. Ik waste me in de dunne straal van de waterval en toog daarna met frisse moed richting de bouwplaats. Bestuurder Hierro zou mij vandaag vast wel zelfstandig willen laten werken, nu hij een nachtje had kunnen nadenken over wat ik gisteren gezegd had.

Niets was minder waar. Hij leek nog wel achterdochtiger dan gisteren. Ik begreep dat niet. Maar goed, ik ging dus maar weer braaf in de kuil zitten en liet de helm en al de kettingen en elektrische contacten weer bevestigen.

Vandaag gingen we de elfde verdieping van het kantoorgebouw van muren en een plafond voorzien. De muren stonden al klaar beneden op de grond. Het was mijn taak om ze op te halen, te vervoeren over de bouwplaats waarbij ik tussendoor de overige bouwwerken moest manoeuvreren en vervolgens moest ik dan de onderdelen optillen en plaatsen op de aangegeven plek. Op zich een karweitje van niks, maar met die belemmerende helm op een secuur en gevaarlijk werkje. Constant moest ik de aanwijzingen die ik via de bestuurder kreeg corrigeren of voorzichtig tegenwerken.

Gelukkig werkte mijn vooruitzicht redelijk goed. Tijdens schafttijd lieten ze mij achter op de bouwplaats, zonder de helm af te nemen. Ik kon dus niet even iets eten, of even een dutje doen. Ik kon alleen maar staan terwijl de kettingen mij in een onnatuurlijke houding hielden. Hiervan werd ik eigenlijk meer vermoeid dan van het werk op zich. Echt vervelend was dat ik met die helm op helemaal niets kon zeggen. Toen Tod Hierro eindelijk terugkwam van de middagpauze besloot ik toch iets te proberen te communiceren. Nadat hij had plaatsgenomen in het bestuurdershokje en hij zijn eerste commando gegeven had, deed ik een voorzichtige poging.

"Hmmm hmmmm mm?"

"Ho ho! Kalm aan Reus!, geen fratsen tijdens het werk!"

"Hmmmm mm mmmmm!"

De stem van Tod klonk geïrriteerd, misschien zelfs bang.

"Dit is de laatste waarschuwing! Doe wat ik je zeg!"

Ik haalde mijn schouders op om aan te geven dat ik dat zou doen. Echter Tod interpreteerde dat gebaar helemaal verkeerd en reageerde met het geven van een elektrische schok, midden in mijn tijdoog. Behalve dat die schok een acute schele koppijn veroorzaakte, werd ook mijn vooruitzicht onmiddellijk gedecimeerd tot

(19)

nog maar een stap of twee. Ik schrok, de wereld is eng en bedreigend als alles zo snel gebeurd en ik me niet kan voorbereiden. Ondertussen zat Tod te rukken en te trekken aan de besturing om mij aan de gang te zetten. Nee! Ik ga niets doen totdat ik meer zicht heb, dit is levensgevaarlijk!

"Hmmmm!"

Nog een schok, nu in mijn benen om die automatisch te laten lopen. Mijn knieën knikten. Ondertussen hoorde ik Tod in mijn oor razen en tieren. Maar ik durfde mij gewoon niet over te leveren aan zijn stuurmanskunsten omdat ik ervaren had hoe slecht die waren. Hij stuurde steevast veel te vroeg of te laat in.

"Hmmmmmmmmmmmmm!!!"

Weer een felle schok recht in mijn tijdoog. Het duizelde, ik zag nu alleen nog maar naar achteren, wat mijn gevoel van desoriëntatie nog verder versterkte. Opnieuw stond ik in die onnatuurlijke houding te wachten tot het schaften voorbij was, ik wilde mijn benen strekken. Ik merkte dat ik aan het lopen was terwijl ik nog steeds alleen naar achteren kon zien. Tod trok aan de besturing, ik moest bukken. Radeloos deed ik wat hij zei en pakte de grote betonnen plaat op. Blind liep ik over de bouwplaats, alleen in terugzicht wist ik nog waar wat stond. Maar die vrachtwagen, stond die er nu nog, of was die verplaatst? Tod stuurde me er recht doorheen, maar dat deed hij vaker. Ik denk niet dat hij echt kon zien wat er op de grond gebeurde vanuit zijn bestuurdershokje. Wat moest ik doen? Ik voelde Tod rukken aan de kettingen, blijkbaar moest ik iets naar links. Dan stond de vrachtwagen er nog. Er kraakte iets onder mijn rechtervoet. Het voelde als een vrachtwagen…

"Hmmmm!!!"

Weer een splijtende flits en ik was ineens teruggeworpen naar het moment van de vorige avond bij de waterval, een ruk aan mijn armen om de grote betonnen muur omhoog te tillen.

"Hrrrmmmrmrmrmmmrrrrrrrrr."

Nog een steek en tegelijk de informatie de muur los te laten. Ik hoorde Tod razen en tieren in mijn oor en ik voelde hem ongecontroleerd trekken aan de stuurkettingen en in mijn knieën, vingers, armen, ellebogen, overal elektrische schokken. Ik viel.

De tijd trok zich langzaam weer samen als een lasso om de nek van een rennend paard. Ik vond mezelf terug, languit liggend op de grond. Een deel van het ingestorte kantoorgebouw over mij heen. Onder mijn vingers voelde ik verwrongen staal en de glibberigheid van dood vlees. Ik wilde overeind komen, een sirene begon luid te gillen. Een andere stem dan die van Tod schreeuwde in mijn oor. Ik herkende het rasperige stemgeluid van Niej Vedahr, de andere bestuurder.

"Beweeg je niet, Reus!"

Ik bleef roerloos liggen. Rondom mij was een hoop gedoe. Ik hoorde het gesnurk van de vrachtwagens en voelde dat er balken en stukken beton onder mij werden weggetrokken. Dat zou natuurlijk veel gemakkelijker gaan als ze mij zouden laten opstaan, maar ik liet het maar zo. Na een lange tijd, het moest nu wel al laat in de avond zijn, sprak Niej weer tegen mij.

"We onderbreken de werkzaamheden voor nu. De doden zijn geborgen en de gewonden zijn naar het ziekenhuis gebracht. Morgen is het zondag, dus maandag komen we terug en zullen we eens kijken wat we met jou aanmoeten. Ajuu."

En het werd stil op de bouwplaats.

6. BUIK

"Ga de dokter halen!"

Hermi Tage was bleek van bezorgdheid om haar dochter. Gisteravond waren ze beiden opgetogen geweest over de uitstekende oogst, zo bleek bij het nakijken van de opvangtrechters. Nadat Ballo, Kury's vader, de vaten had verzameld en op de kar naar huis had gebracht, waren ze allemaal voldaan naar bed gegaan, zich verkneukelend op de flinke opbrengst die de gezusters DAE hun hadden toegezegd. Maar het was een hele onrustige nacht geweest. Kort na middernacht was Kury gillend van de pijn wakker geworden, haar buik was dik en opgezwollen. Een warm bad had niet geholpen en nu was het vroeg in de morgen en de zwelling werd steeds erger. Hermy draaide zich om en er zat een venijnige klank in haar stem.

"Nou? Ga!"

Ballo draaide zich om en ging. Het duurde dertig slopende minuten voordat de deur weer open ging en de dokter in de deuropening verscheen.

"Zo, zo, mevrouwtje. Wat scheelt er aan?"

Hij was zo iemand waaraan je kon zien, horen en ruiken dat hij dokter was. Zo iemand waarbij je helemaal niet kunt voorstellen dat hij ook zijn ogen dichtknijpt bij het poepen of dat hij überhaupt bestaat als hij niet aan het werk is. Zo iemand was hij. Compleet met gouden brilletje en zwarte dokterstas. Hermy deed een stap opzij en wees op haar dochter. De dokter deed een kort onderzoek. Hij keek verbaasd.

"Wel, wel. Ik wist niet dat uw dochtertje zwanger was, mevrouw Tage."

"Zwanger!? Dat kan helemaal niet, het kind is pas 13!" De dokter tuitte zijn lippen.

"Ach, technisch gezien is dat geen probleem hoor. Maar ze is al flink uitgeteld zo te zien."

Ballo stond achter de dokter, leunend tegen de deuropening.

"Ook technisch gezien niet, dokter. Gisteren was ze nog zo plat als een krollvis. Geen buik, geen tieten. Gewoon een meisje, touwtjespringend en wel."

De dokter keek met opgetrokken wenkbrauwen naar het kleine vrouwtje voor hem. Een enorme buik zo strak gespannen dat de huid doorzichtig leek te worden en twee opgezwollen, bijna blauwe tietjes. Dat zag er toch echt uit als een voldragen zwangerschap.

"Oké, ik zal even verder kijken. Kunt u ons even alleen laten?"

Hermy en Ballo verlieten de slaapkamer. Ballo wees naar zijn voorhoofd.

"Zwanger!" Hij schudde geërgerd het hoofd. Hermy keek hem met grote ogen aan en fluisterde zachtjes.

"Oh nee... oh nee! Dat kan toch niet waar zijn!"

"?"

"Gisteravond... Een klodder sperma is ook in het water gevallen toen Kury er nog in stond... het water was helemaal wild rondom haar..."

Ze sloeg de handen voor haar gezicht. Tegelijk klonk er een ijselijke kreet uit de slaapkamer, zo verscheurend dat de ouders van het ene moment op het andere weer binnen waren. De dokter kwam net overeind van het inwendig onderzoek waar hij mee bezig was geweest.

"Wel...," zei hij terwijl hij een doekje uit zijn zak viste om er zijn roodbespatte bril mee schoon te vegen. Hij was van boven tot onder doordrenkt met bloed, net als het bed en de hele kamer. Spetters, overal. Kury lag met grote ogen te hijgen, ze draaide haar hoofd om richting haar moeder maar voordat ze iets kon zeggen, verglaasden haar ogen en ze bleef stil. Haar buik was weg, een gapend gat met rafelige randen, opengescheurd. Haar ingewanden glibberden over de lakens van het bed en drupten zachtjes op de grond. Op de grond naast het bed lag iets te bewegen, een grote bloederige homp die iets vaag menselijks had.

"Ik kan hier niets meer doen," zei de dokter, hij zette zijn bril weer op en probeerde met het brillendoekje ook wat van de stukjes lillend vlees van zijn stropdas af te vegen. Het lukte hem om er een lange veeg smurrie van te maken. Hij keek misprijzend naar zijn met poep en bloed besmeurde pak, stopte het doekje weer weg.
"Nou, dan ga ik maar weer."
Hij liep langs Hermy en Ballo die stokstijf naast elkaar stonden.
"Dank u dokter," wist Hermy nog te fluisteren. Gewoon uit beleefdheid.

Er werd aan de voordeur gebeld. Hermy keek naar Ballo.
"Ik ga al," bromde hij. Hij wist al wie het was voordat hij de deur opendeed.
"Het is Dominance!" riep hij naar boven. Zijn vrouw riep iets terug. Hoewel hij het maar half verstond, kon hij wel raden wat ze zei. Met een hoofdknik beduidde hij naar Dominance dat de goederen in de schuur stonden. Toen Dominance demonstratief bleef staan, ging hij haar zuchtend voor. Bij de vaten aangekomen, liet Dominance hem een ervan openmaken. Ze stak een vinger in de glanzend paarlemoeren witte vloeistof, rook eraan, likte eraan en wreef een beetje uit op de rug van haar hand.
"Mooi. Perfecte kwaliteit. Je kunt het vanmiddag komen bezorgen."
"Kury is dood," zei Ballo zachtjes.
"Oh, dat is vervelend zeg. Nou ja, je kunt trots op haar zijn, ze heeft wat moois nagelaten." Dominance glimlachte bemoedigend naar Ballo. De man zag krijtwit.
"Ik zal het zo aan haar moeder doorgeven."
Toen hij dat deed, bleek de reactie van zijn vrouw heel anders dan hij had verwacht. Ze was dankbaar voor deze troostende woorden van Dominance. Ze griende zachtjes.
"Ja, dat is ook zo. Iets moois nagelaten."
Vrouwen?! Ballo begreep ze niet. Hij kon nu razend gek worden en gaan slaan en tieren of besluiten dat hier iets gaande was dat hij niet begreep. Hij haalde gelaten zijn schouders op en stommelde naar boven om de troep op te ruimen. En om de rondkruipende homp in stukjes te verdelen. Misschien bracht dat ook nog wat op tijdens de markt aankomende dinsdag, een mens moet praktisch wezen.

(24)

7. WEEKEND

"Hey, Reus!"
Ik kwam langzaam bovendrijven uit mijn neveligheid. Daarbij voelde ik mijn lijf ook weer met alle krampen van het lange liggen in een en dezelfde houding en het schrijnen van de schaaf- en snijwonden die ik gisteren had opgelopen.
"Reus?"
Het was een stem die ik niet kende. Klonk ook niet bars of angstig. Alleen nieuwsgierig. Een jeukende pijn tussen mijn billen. Ik lag in mijn eigen stront en pis. Verschrikkelijk!
"Hey Reus, ben je dood of zo?"
"Hmmmmm."
Een verschrikt gilletje en iemand rende hard weg uit het bestuurdershokje. Mijn vooruitzicht was terug, hoewel niet al te duidelijk. Het waren wel een stap of tien, maar de verbanden waren moeilijk te zien. Ik zag een mensenmeisje staan, een meter of twintig bij me vandaan. Ik probeerde zo vriendelijk te klinken als ik maar kon.
"Hmmmm mmm mmmmm?"
Ze kwam aarzelend dichterbij.

"Hmm?"
Ze had een mooi gezichtje. Rond, omkranst met donkerblonde krullen, grote gretige ogen en een klein mondje. Ze was jong, maar had al een weelderig figuurtje dat maar nauwelijks bedwongen werd door een vrolijk zomerjurkje. Met een vastberaden blik klom ze weer in het bestuurdershokje.
"Reus…. Alles goed met jou? Waarom lig je hier op de grond?"
"Hmmmmmm." Ik deed het heel zachtjes. Ik voelde haar rondschuifelen in het hokje. Zachtjes mompelend. "Dit is rechts en links, dit is lopen, stoppen, achteruit. Wat maf. Even kijken, wat is dit dan? Ontkoppelen? Misschien iets om de helm af te doen?"
Ik voelde dat de kaakklem met een klik losliet.
Voorzichtig opende ik mijn mond.
"Meisje… klim maar uit dat hokje, dan kan ik deze helm eindelijk afzetten!"
Meteen sprong ze eruit en rende hard weg, wel een paar honderd meter verderop bleef ze hijgend staan. Heel langzaam en voorzichtig probeerde ik de helm van mijn hoofd te trekken. Alleen de kaakkoppeling was los, de rest zat nog vast dus ik moest wringen. Na veel gedoe kreeg ik hem eraf en hijgend gooide ik het onding ver weg, het bloed droop over mijn gezicht.

(25)

Ze stond weer vlak voor me.

"Dank je," fluisterde ik. Ze lachte. Daarna zei ze iets dat ik niet kon verstaan. Ik schudde mijn hoofd en gebaarde dat ik haar niet kon horen. Tot mijn stomme verbazing kroop het meisje in mijn oor.

"Kun je me nu horen?" piepte ze.

"Ja."

"Wow! Oké… Niet te hard, hè!"

"Oké," fluisterde ik.

"Ik ben Aelita. En jij?"

"Boddroenkr."

"Hè? Zo heette de vorige Reus ook."

"Nee, die heette Boddroenkr."

"Ha, ha! Jij bent grappig!"

"Hoezo?"

"Nou, " pruilde Aelita, "'Boddroenkr' en 'Boddroenkr' is hetzelfde hoor."

Ik glimlachte om haar ongespeelde naïviteit.

"Nee, dat kan niet. Boddroenkr is echt een hele andere naam dan Boddroenkr."

Ik dacht even na.

"Het heeft met het moment te maken waarop je de naam zegt."

Aelita had haar interesse in het onderwerp alweer verloren.

"Waarom lig jij hier op de bouwplaats terwijl iedereen al weg is? En wat is al die troep? Het lijkt wel alsof er een aardbeving is geweest." Ze trok haar neus op. "En het stinkt hier ook nogal. Stinken reuzen altijd zo?"

"Nee, geen aardbeving. Een ongeluk. Door die stuurhelm die ik moet dragen, kan ik niet zien wanneer ik loop of wanneer ik iets moet pakken." Het stinkgedeelte van haar opmerking verkoos ik te negeren.

"Wanneer?"

Ik zuchtte, gaf geen antwoord. Ik wist niet wat ze niet begreep. Ik voelde hoe het meisje in mijn oor ging verzitten.

"Je bedoelt… dat reuzen de toekomst kunnen zien…?" Ze gniffelde. "Dat is toch een bakerpraatje, sprookje, fabeltje!"

"Toekomst?" Ik dacht na. "Ja, zo zou je het kunnen noemen. Ach, je moet weten dat wij reuzen geen lichtogen hebben zoals mensen en sommige dieren. We kunnen wel licht en donker onderscheiden, maar niet veel meer. Wij kijken vooruit. Zo kunnen we altijd het zekere pad volgen, het pad zonder vernieling."

"Oh. En met die stuurhelm op lukt dat niet."

"Nou, nee. Vooral niet door die elektrische schokken recht in mijn oog."

"Oog?"

(26)

"Tijdoog."
"Die rare gekleurde plek op je voorhoofd?"
Ik fronste mijn wenkbrauw.
"Dat zou kunnen, ja. Ik denk dat jij dat zo ziet. Wij reuzen zien bij elkaar het pad dat de ander loopt, de dingen die gedaan zijn en gedaan zullen worden als een…," ik stokte. Hoe kon ik dit beeld dat door vier dimensies liep, uitleggen aan een wezen dat dacht dat de hele wereld alleen uit kleuren licht en golven geluid bestond en dat tijd niet meer betekende dan dat het NU als een trein over de rails reed?
"Als een..?"
"Tja. Een wolk van lijnen en figuren die met elkaar communiceren en in balans zijn als een sterrenstelsel, een kosmische wolk van krachten die op elkaar inwerken, elkaar versterken en afzwakken. Zoiets."
Erg tevreden was ik niet met mijn geïmproviseerde vergelijking, maar het was tenminste een antwoord.
"Aha." Aelita liet het beeld op zich inwerken.
"Reus…"
"Zeg maar Boeddroenkr."
Ze giechelde even. De sonore klank van dat woord kietelde over haar hele lichaam. Met name de 'r' trilde lekker.
"Oke. Zeg… ik vind jou leuk!"

Dat was onverwacht. Ik dacht even na.
"Dat is de eerste keer dat een mens dat tegen een Reus heeft gezegd."
Ze was even stil, afwachtend. Ze ging verzitten.
"Vind je mij niet leuk?"
Ik had maar heel weinig ervaring met mensen. En tot nu toe waren de ervaringen die ik wel had niet direct positief. Dit was het eerste gesprek dat ik met een mens voerde dat niet over opdrachten of contracten ging. En dat de rudimentaire eigenschappen van een 'gesprek' had. Tegelijk had ik het gevoel dat de werkelijke aard van de conversatie mij ontging. Afijn, eerlijkheid was op termijn altijd de betere keus.
"Ik weet het niet. Ik spreek nu voor het eerst met je… en eigenlijk is dit mijn eerste gesprek met een mens. Dus ik kan wel zeggen dat dat al heel bijzonder is, een goed begin."
"Aaaaaahhhh."
Ze klonk erg tevreden. Ik voelde haar bewegen, maar ze zei verder niets. Ineens stond ze op en sprong uit mijn oor.
"Hey! Hoor je dat?"
Haar stem was nu veel zachter, maar ik wist hoe die klonk dus ik kon haar nog horen en verstaan.
"Wat bedoel je?"

"Ik hoor iemand roepen," ze hield haar hoofd schuin, "ja, er roept iemand." Ze keek rond, probeerde te peilen waar het geluid vandaan kwam. "Hey…. Het komt onder jou vandaan!"

"Wat?" Ik probeerde overeind te komen, waarbij het puin om mij heen weer begon te verschuiven.

"Ho! Stop!" gilde Aelita. Ik lag doodstil. Aelita kwam wat dichterbij.

"Ik kan ze bijna verstaan, hallo? Hallo?! Is daar iemand?"

Ze keek met grote verschrikte ogen naar mij.

"Oh jeetje. Er liggen drie mannen onder jou en eentje is zwaargewond."

Ze luisterde verder.

"Ze zeggen ook dat je niet moet bewegen want dan stort de verdieping waar ze liggen in… er is er al eentje daardoor verpletterd."

Ik verplaatste mijn vooruitzicht dat enigszins werkte en zag de mannen liggen in de donkere smalle ruimte die was ontstaan bij het instorten van een aantal verdiepingen. De dikke betonnen plafondplaat bleef schuin omhoogstaan waardoor de ruimte gevormd werd doordat mijn gewicht op de andere kant drukte. Waarom had ik dit niet eerder gezien? Ik kon ook niet ver genoeg vooruitzien om te kijken wat ik kon doen.

"Ga naar het dorp, deze mannen moeten gered worden. Ik kan het niet alleen op dit moment."

Zonder te antwoorden draaide Aelita zich om en rende weg. Ze kwam niet terug, en ook kwamen er geen mannen uit het dorp.

(28)

8. HANDEL

Ballo Tage haalde de laatste ijsbox uit zijn wagen en bracht hem naar binnen. Dominance gebaarde dat hij hem neer moest zetten en open maken.

"Even kijken of de waar nog vers is…"

Ballo haalde ongeïnteresseerd zijn schouders op en klikte de sluitingen los. Dominance kwam dichterbij, gretig. Haar hoge hakken klikten opvallend in de ruimte van het bijna lege magazijn. Ballo deed een stapje achteruit. Ze leek meer dan ooit op een lelijke kruising tussen een kip en een aangereden paard. Ze klapte de deksel open en bestudeerde de trage, glanzend witte vloeistof in de koelcontainer. Plotseling stopte ze allebei haar knokige en blauwdooraderde handen diep in het vat, en trok ze er weer uit. Ze keek gebiologeerd naar de paarlemoeren blubber in het kommetje dat ze met haar handen gemaakt had, dan liet ze het weer langzaam terugdruipen. Het leek wel alsof ze Ballo helemaal vergeten was, zo ging ze op in het spelen met de vloeistof. Ze bekeek haar handen aandachtig. Slanke handen met glanzende nagels en een zachtbleke huid. Met een resoluut gebaar greep ze weer in de vloeistof, maar nu smeerde ze het ongegeneerd in haar gezicht, haar nek, haar blouse ging uit, BH los om twee uitgedroogde runderlapjes te onthullen, het smeren ging verder. Ballo deed een paar stappen meer terug naar de deur, stamelde wat, draaide zich om. Liever even naar buiten om daar af te wachten tot Dominance klaar was met het inspecteren van de handel. Dat duurde best wel lang. Toen Ballo op het punt stond om dan maar naar huis te gaan, daar was ook zat te doen –zijn vrouw troosten bijvoorbeeld– toen een oogverblindend mooie vrouw naar buiten kwam, spiernaakt. Ze veegde met lange sierlijke vingers op een wellustige manier haar mond af en keek met een schalkse blik naar Ballo. Die wist niet wat hij meemaakte, waar kwam dat mens ineens vandaan?

"Ballo, loop je even mee naar het kantoor?"

Tot Ballo's ongeloof herkende hij de stem van Dominance. Onmiskenbaar. Maar doordat diezelfde stem nu kwam uit het lijf van een superfotomodel leek het een heel andere stem, kwam hij heel anders over. Niet als een zeurderige, ongearticuleerde en rasperig lage stem, maar een melodieuze, sensuele en omfloerste alt.

"U bent naakt, mevrouw!"

Ballo probeerde zijn stem neutraal te houden. Het beeld van de vrouw met de kalkoenenkin en paardenbek

en de vrouw die hij nu zag en dat die een en dezelfde persoon zouden zijn, was moeilijk te verwerken voor Ballo. Ze tuitte haar lippen, draaide zich om en ging met wiegende heupen op haar hoge hakken Ballo voor naar het kantoortje. Hij volgde haar langzaam, hij wilde niet alleen met haar in dat kleine kamertje zijn. Toen hij binnenstapte, had Dominance gelukkig een jasje aangedaan, de drie knopen decent dichtgeknoopt. Hoewel het zelfs dan nog een erg diep decolleté had, het was eigenlijk een soort van colbertje, was het lang genoeg om als totaalkledingstuk te functioneren. Als je niet te nauw keek. En dat deed Ballo. Nu herkende hij haar ook veel gemakkelijker, niet langer afgeleid door haar opmerkelijke lichaam. De dunne kin die bijna meteen overging in haar hals, de vierkante tanden met teveel tandvlees als ze lachte. Ja, het was Dominance. "Wel, Ballo. Je dochter heeft boven verwachting een goed product geleverd. En hier is je geld."
Ze schoof het stapeltje papier naar hem toe dat ze zojuist uit de kluis achter haar gehaald had. Ballo keek ernaar. Het stapeltje papier dat het voortijdige einde van zijn dochter vertegenwoordigde.
"Dank u, mevrouw."
"Tot ziens Ballo."
"Mogge…"

Hij tikte nonchalant zijn pet aan terwijl hij het papier in zijn zak stak en liep naar buiten.
Daar op straat keek hij eens rond. Eerst nog even langs bij de Tierende Trilobiet? Geld zat… en genoeg te overdenken. Dat overdenken begon met het resoluut uit zijn hoofd zetten van wat hij zojuist had gezien. Dat was beter, vond hij, terwijl zijn voeten hem naar de Tierende Trilobiet voerde.

9. ROEPEN

Het duurde te lang. De drie mannen die onder het ingestorte appartement in de val zaten, hadden het zwaar. Eentje was al bijna dood, hij bloedde uit een verpletterd been. De andere twee waren er nauwelijks beter aan toe, uitdrogingsverschijnselen en vooral heftige aanvallen van wanhoop en woede. Ze hadden korte tijd hoop geput uit hun gesprekje met Aelita, maar de herinnering daaraan vervaagde al weer. Ook de lucht werd schraal. Waarom kwam de hulpverlening niet op gang? Waar wachtten ze op? Ik werd steeds onrustiger. Mijn vooruitzicht werd niet beter en wist niet wat te doen. Ik ging roepen. Mijn stem dreunde galmend als een atoombom op een lenteavond door de stilte. Ik voelde hoe de mannen onder mij ineenkrompen van angst, brokjes beton en ander puin regende op hun lichamen. Toch ging ik door. Met de langgerekte klanken van het Reusisch was ik hoorbaar tot tientallen kilometers in de omtrek.

"BOOOOOOODDDDDDRRRRRRROEOEOEOEOE OOENNNNNNKKKKKRRRRRRR...!!"
De heuvels kaatsten het geluid heen en weer.
"BOOOOOOODDDDDDRRRRRRROEOEOEOEOE OOENNNNNNKKKKKRRRRRRR...!!"
Ik haalde diep adem...
"BOOOOOOODDD... DDDRRRR... RRRROEOEOEOEOEOOENNNN... NNNKKKK KRRR... RRRRR...!!"
Het beton onder me begon te scheuren... ik moest stoppen.
"BOOOOOOODDDDDDRRRRRRROEOEOEOEO EOOENNNNNNKKKKKRRRRRRR...!!"
Oeps... Dat was toch net een keer te veel. De betonnen plaat die de kleine ruimte van de drie mannen in stand hield, brak keurig in tweeën, de linkerhelft daarvan zakte neer op het hoofd van een van de drie slachtoffers en dat brak open als een overrijpe kokosnoot, zijn kwetsbare rozegekleurde inhoud uitspuwend over het omringende puin. Ik hield mijn adem in van schrik. De overige twee mannen waren nog oké. Tenminste, niet erger dan daarvoor. De ruimte was echter nog weer veel kleiner geworden en de betonnen plaat erboven was nu allesbehalve stabiel. Ik hoopte maar dat er nu snel hulp kwam.

Hulp kwam inderdaad. Of nou ja, er kwam een groep mensen. Een daarvan was de bestuurder Niej Vedahr. Hij zag dat ik de helm had weggegooid, geïrriteerd gebaarde hij naar iemand anders. Die kwam even later terug met een kleine versie van de communicator. Toen Niej erdoor begon te praten, kon ik hem maar net horen.

"Reus, je veroorzaakt overlast."

"Er zitten twee mannen onder mij gevangen in het puin, ze verkeren in levensgevaar."

Wat onderling overleg bij de reddingsploeg. Niej richtte het woord weer tot mij.

"Overlast dus. Door gebruik van het Reusisch. "

"Hè? Twee mannen liggen hier dood te gaan, ze moeten gered worden!"

"Onzin. Iedereen is gered. Er zijn een aantal doden te betreuren, maar die zijn allemaal geborgen. Er is niemand hier die gered hoeft te worden."

"Ik zie ze met mijn vooruitzicht!"

Niej was duidelijk geïrriteerd.

"We hebben geen behoefte om geïnformeerd te worden over jouw religieuze opvattingen."

Dit was om wanhopig van te worden, ik vergat te fluisteren en viel ook terug in mijn eigen taal.

"BODDROENNNKKKKKRRRR!"

Het effect was verschrikkelijk. Enkele mannen vielen op de grond, met hun handen tegen hun oren gedrukt, het bloed sijpelde tussen hun vingers door. Anderen renden struikelend en brakend weg. Niej, die uit gewoonte oordopjes had gedragen, was niet beschadigd maar wel heftig geschrokken. Ook voor hem was het de eerste keer dat een Reus hardop praatte terwijl hij er praktisch naast stond. Zijn stem klonk schril door de communicator.

"Godverdomme nondeJUU! Houd je stil, Reus! Maak het niet erger dan het al is…!" Ik hoorde hem nog verder vloeken. Daarna ging hij op iets rustigere toon verder.

"Beweeg je niet en maak geen geluid! Dit is de laatste waarschuwing!"

Ik was zo geschrokken van het effect van mijn stem op de mannen, de meesten waren waarschijnlijk voor hun leven lang doof, dat ik niks meer durfde te zeggen. Ondertussen blies de man met het verbrijzelde been kreunend zijn laatste adem uit. De andere lag ernaar te kijken met grote starre ogen. Niej liep weg, en kwam na enige tijd weer terug met een paar mannen. Alle hadden gehoorbeschermers op en ze trokken een kar met daarop een grote stalen constructie. Ik had ondertussen niet bewogen en geen geluid gemaakt. De constructie en de kar bleken toch één ding te zijn. Twee brede ringen zo groot als een flinke armband, die open konden en daaromheen een reeks naar binnen gerichte pinnen die zo te zien met hydraulische zuigers te bedienen

(33)

waren. Ik dwaalde af met mijn vooruitzicht naar de opgesloten mannen onder mij. De laatste was ook nog maar nauwelijks levend te noemen. Ik voelde dat er iets om mijn enkels gesloten werd, hard en koud metaal. Eerst voelde ik verbazing, daarna een zinderende pijn toen mijn enkels onder de druk van de hydraulisch aangedreven pennen doorboord en verpletterd werden. Ik schreeuwde het uit.

"BODDROENKR!"

Ik beet op mijn lip, verdorie! Om mij heen zag ik dat een aantal bouwwerken die daarvoor nog onbeschadigd waren, nu vol scheuren zaten. Sommige helden over en zakten in. Andere die wat verder weg stonden, waren overeind gebleven maar hun ramen rinkelden in scherven naar beneden. Ik kwam half overeind om de banden van mijn enkels te rukken. Daardoor zakte de ruimte onder mij definitief in, ook de laatste man verpletterend. Met mijn lippen stijf op elkaar gebaarde ik dat die enkelbanden heel snel verwijderd moesten worden. Maar Niej en de overige werkmannen weken achteruit alsof ik een of ander gevaarlijk monster was en zetten het op een lopen. Ik probeerde op te staan, het had toch geen zin meer om voorzichtig te zijn, maar een witte pijnscheut deed mij weer op handen en knieën vallen. In die houding bleef ik even, terwijl ik door de waas van pijn probeerde bij bewustzijn te blijven door rustig te ademen. Het zakte ietsje weg. Ik deed een tweede poging om op te staan, maar klapte dubbel van de pijn en ik viel languit op mijn gezicht. Een afgebroken stutbalk waarvan de roestige draden van de betonbewapening kringelend omhoog stonden, ving mijn voorhoofd op, daarbij het vlies van mijn tijdoog openscheurend. Duizenden regenboogkleurige bolletjes stegen als vette bromvliegen uit de scheur omhoog en dreven weg in de wind. Even leek de wereld stil te staan zoals een vallende steen tot stilstand komt als hij de grond raakt, maar daarna leek de tijd gewoon verder te gaan. Ik was versuft. Na enige tijd hees ik me moeizaam overeind en ging voorzichtig zitten om mijn enkels te inspecteren. Die waren volledig verbrijzeld door de hydraulische enkelbanden en de gekartelde uiteinden van de botten van mijn onderbenen staken door de huid. Ik werd misselijk en duizelig, haalde sissend door mijn tanden een teug lucht naar binnen. Ik probeerde mijn benen te verplaatsen. Bonkend vlamde de pijn weer op en toen werd het zwart voor mijn ogen.

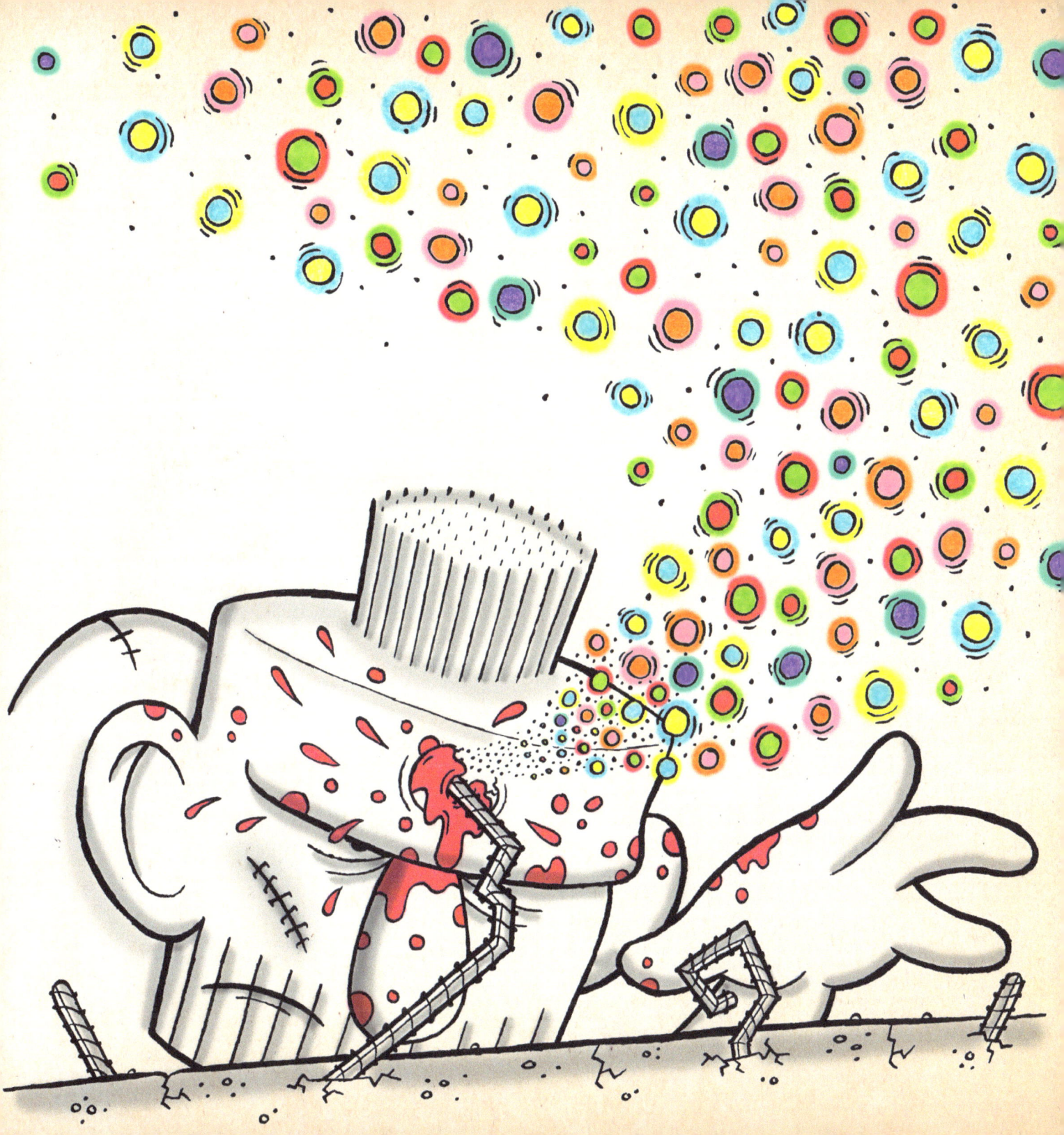

10. MEDICIJN

"En waarom vraagt u dat aan ons?"
Azimuth en Elevation wisselden een blik. Maar het was Dominance, zo als zo vaak, die het woord nam.
"Zo als het er nu uitziet is Aelita de enige maagd in het dorp. In ieder geval de enige met de juiste leeftijd en features.
"En Kury Tage dan?"
"Ach, jullie hebben het droeve nieuws niet gehoord?"
Rogue keek verschrikt. Aelita trok haar wenkbrauwen op. Na een korte stilte reageerde Azimuth.
"Ik zie aan jullie reactie van niet. Tja, hoe moet ik het zeggen? Kury is vannacht onverwacht overleden."
Rogue werd ineens heel bleek. Aelita hield haar adem in terwijl haar moeder begon te ratelen.
"Dus de Reus heeft haar vermoord, in stukken gescheurd, opgegeten…."
Elevation onderbrak haar horrorscenario.
"Nee, nee, niets van dat alles. Het heeft niets met de Reus te maken, ze werd plotseling ziek. Ze weten niet precies wat, misschien meningitis of zoiets. Iets dat heel snel ging in ieder geval."
Azimuth vulde haar aan.

"Toen de dokter kwam, was het al te laat, ze was al overleden, helaas. Haar ouders zijn erg overstuur natuurlijk." Azimuth knikte ernstig en trok een meelevend gezicht.
"Maar ook dankbaar dat hun dochter zo'n enorme bijdrage heeft kunnen leveren aan de gezondheidszorg," wist Dominance subtiel toe te voegen.
Er viel een stilte. Rogue schoof ongemakkelijk heen en weer, keek naar haar dochter.
"Dus de Reus heeft het niet gedaan? Had daar niets mee te maken?"
De drie vrouwen van DAE schudden alle drie van nee.
"Nee, de procedure is geheel ongevaarlijk. Misschien wat ongewoon, misschien zelfs confronterend voor een jong meisje. Maar volstrekt ongevaarlijk."
Azimuth klonk overtuigend. Dominance ging verder.
"En bedenk wel dat de geneeskrachtige eigenschappen van reuzensperma gigantisch zijn. Smeer het op een open wond en hij trekt dicht waar je bijstaat. Huidziekten verdwijnen binnen een dag, zelfs hoofdpijn, gebroken ribben, geslachtsziekten en depressies zijn ermee te genezen. Het is niet na te maken en er is maar heel weinig van in omloop en dat wat er is, bederft snel. Terwijl we het zo hard nodig hebben."
Dominance keek bijna hebberig, maar een klein

elleboogstootje van Elevation deed haar blik weer veranderen in de 'dit is een ernstige zaak' variant. Toen nam Aelita het woord.

"Nou, ik geloof dat jullie ook iets niet weten. Maar de Reus is niet thuis hoor. Hij ligt op de bouwplaats. Ik ben vandaag wezen kijken. En daar ligt ie, plat op z'n rug. Die stuurhelm heeft ie afgezet en hij ligt maar wat te koekeloeren."

Rogue wist niet wat ze hoorde. Haar dochter was wezen kijken naar de Reus zonder dat ze dat wist? Aelita ving haar ontstelde blik.

"Ach mam," glimlachte ze bijna verlegen, "ik doe wel meer wat jij niet weet hoor."

Rogue verschikte nerveus haar rok. Ze knikte kleintjes.

"Ja, dat zal wel."

Ondertussen zaten de drie van de firma DAE gespannen met elkaar te fluisteren. Azimuth richtte zich tot Aelita met een vragend glimlachje.

"Zo, de Reus ligt op de bouwplaats. Is er iets gebeurd dan?"

Aelita knikte bevestigend.

"Ah, ah. Ongeluk. Reus is omgevallen, er ligt een hoop in puin."

"Maar kindje, daar moet je dan toch niet heen gaan!"

Elevation negeerde de uitroep van de moeder van Aelita.

"Maar de Reus, is nog in orde?"

Aelita haalde haar schouders op.

"Weet ik niet. Hij ligt daar maar wat. Mompelt steeds over mannen in het nauw die doodgaan en zo."

De ogen van Dominace fonkelden.

"Ik denk dat we moeten voortmaken. Dit klinkt niet goed."

Ze richtte zich tot Rogue.

"Je geeft toestemming? Voor 5% van de opbrengst?"

Rogue knikte langzaam ja.

"Het is immers voor een goede zaak, zoveel mensen krijgen hulp…," zei ze met een lage stem.

De drie dames van DAE knikten, stonden op en vertrokken. Rogue liet ze beleefd uit.

"Wat moet ik dan doen? Een soort striptease of zo voor de Reus totdat ie klaarkomt?"

Aelita was rood aangelopen en stond met fonkelende ogen voor haar moeder. Die had het besluit nu genomen en bleek ineens heel kordaat.

"Als je vriendinnetje Kury dat voor elkaar kreeg, dan is het voor jou helemaal geen probleem."

Aelita wist niet zeker of dit een compliment was, of een sneer naar haar recente kokette gedrag in verband met

(37)

een aantal jongens die ze kende en het onomstotelijke succes dat ze daarbij geboekt had, wat zich uitte in brieven, bloemen en cadeautjes. Kury had geen enkele aanbidder gehad. Ze besloot dat het maar beter het eerste, een compliment, kon zijn. En ergens, stiekem, vond ze het idee ook wel spannend. Nu hoefde ze daar niet voor uit te komen, maar kon ondertussen wel het experiment aangaan. Ze snoof eens minachtend.
"Hmmm. Nou ja." Ze haalde haar schouders op.
"Mooi, dat is dan geregeld. Azimuth komt je straks ophalen, we doen het vanavond al."
Aelita knikte.
"Oké. Laten we dan maar iets moois om aan te trekken, gaan kopen… of beter, iets moois om uit te trekken."
Rogue sloot haar ogen en zuchtte.
"Dat is goed."

11. HEKSERIJ

Ik lag met mijn ogen open naar boven te staren. Al honderd keer had ik met mijn handen naar mijn voorhoofd getast en het open gat met mijn vingers afgevoeld. Het was toch echt waar. Mijn tijdoog was kapot. Eerst al aangetast door de elektroden in de stuurhelm was het vlies zwak genoeg geworden om te scheuren en de tijd was weggedreven. Vreemd genoeg waren mijn primitieve zintuigen nu beter dan daarvoor, of ik ervoer dat zo. Ik kon de hemel zien die langzaam donkerder werd, ik hoorde geluiden zoals vogels. Heel vreemd. Ook had ik honger. Sinds ik in het dorp was aangekomen, had ik slechts wat boomtoppen salade gehad, verder niets. Iedere keer als ik bewoog, vlamde de pijn vanuit mijn vernielde enkels door heel mijn benen en rug. Ook mijn gezicht deed pijn en het gapende gat van het tijdoog voelde alsof mijn hersenen in een vacuüm getrokken werden. Ik hoorde gescharrel, er kwam iemand aan. Ik draaide mijn hoofd en zag twee vrouwen staan. Zelfs in het beperkte zwart-wit dat mijn lichtogen me lieten zien, herkende ik ze meteen. Ik liet mijn hoofd weer vallen.
"Zo, de heksenzusjes zijn weer eens op pad. En waar is

nummer drie?"

De twee vrouwen grinnikten.

"Die komt er zo aan. Ach kijk, daar is ze al. En kijk eens wie ze meegebracht heeft!"

Ik herkende de derde vrouw, maar niet het jonge meisje dat ze bij zich hadden. Elevation liep naar mijn benen toe, bekeek mijn enkels.

"Hey, ze hebben het weer gedaan, enkels verbrijzeld." Dominance schudde haar hoofd.

"Dat schiet ook niet op. Regelen wij steeds een Reus, vernielen ze hem in een paar dagen."

"Ze zijn blijkbaar nog steeds bang en maken hem dan onklaar bij de eerste de beste moeilijkheid," zei Azimuth, "maar laat dat geen belemmering zijn om nu te oogsten."

De andere twee vrouwen knikten instemmend. Terwijl Azimuth en Elevation een groot apparaat vol met cirkelvormige sensoren aan lange draden opstelden, ging Dominance aan de slag met een grote lamp. Die stelde ze zo op dat het meisje voor de lamp kon dansen en ik dan gemakkelijk haar silhouet kon zien met mijn zwart-witogen. De drie vrouwen werkten snel en efficiënt, alsof ze het al vaak gedaan hadden. De sensoren van de andere machine werden bevestigd aan mijn testikels. Ik verzette me zwak, maar ik was bang iemand te verwonden of dat er weer iets zou instorten of zo. En ook al had ik weinig goeds van deze drie heksen gehoord, zo lomp als de enkelverbrijzelaar zou het wel niet zijn. Ik hoopte zelfs dat als ze hadden wat ze wilden, ze mij zouden helpen, dus ik deed maar niet te moeilijk. Grote opvangbakken werden op strategische plaatsen gezet.

Ik was alweer in de verdoving van bonkende pijn weggezakt toen ik wakker gemaakt werd door een elektrische schok. Ik kreunde. De 'show' was begonnen. Het meisje dat ze meegenomen hadden, was een absolute schoonheid en onder andere omstandigheden (zoals een werkend vooruitzicht) zou ik best geïnteresseerd zijn geweest. Nu maar nauwelijks. De heksen wisten hun machine zo af te stellen, na de nodige pijnlijke schokken, dat mijn lichaam begon te reageren op de stimulans. Ik hoorde het meisje verrukt een kreetje slaken. Ik keek naar haar en zag dat ze echt opgewonden was, met grote ogen en open mond was haar blik gefixeerd op mijn in harde erectie opgerichte lul. Mijn tijdoog werkte niet meer, dus de tijd ging ook niet meer stilstaan of teruglopen, maar een laatste restje tijdsbesef zoog me wel het moment in en ik herkende haar als Aelita, het meisje dat eerder op de dag bij me geweest was. Niet lang daarna spoot mijn fontein in alle hevigheid leeg. Ongelukkigerwijze spoot ik precies in de richting waar Aelita haar striptease stond te dansen. Ze werd volledig bedolven onder een grote sliert sperma. Ze hapte naar adem en probeerde het slijm uit haar mond en gezicht te wrijven, maar het was te veel. Ik moest haar helpen. Met mijn vinger probeerde ik voorzichtig haar gezicht schoon te wrijven. Maar ik kon de tijd niet langer inschatten en stootte te ver door. Ik voelde haar hoofd kraken en platgedrukt worden onder mijn vinger. Haar naakte lijf, bedekt met slijm en gekleed in een restje rode lingerie, schokte nog even na, alsof het niet kon geloven dat het vernield was. Ontzet trok ik mijn vinger langzaam terug. Ik zag de schaduwen van de drie vrouwen ijverig in de weer met het verzamelen van de buit, verder geen aandacht schenkend aan het kapotte meisje. Zij hadden wat ze wilden. Ik stak mijn met bloed en hersenen bespatte vinger in mijn mond… ik proefde haar bloed. Ik probeerde het nog even tegen te houden, maar liet het toen gaan… Razernij. Woede. Wanhoop. En honger, godverdomme, wat had ik een honger! Als eerste pakte ik het slappe meisje, glad van de sperma. Ik veegde het af en schudde de lingerie van mijn hand. Daarna stak ik het lijf in mijn mond en beet het doormidden. Warm bloed en glibberige ingewanden spoten in mijn keel. Ik slikte het gulzig door, ik werd er alleen maar woester en hongeriger van. De heksen waren verdwenen, waarheen? Ach, wat kon mij het schelen… Ik was woest woedend! Honger! Op handen en knieën begon ik in de richting van het dorp te kruipen, mijn voeten bungelden nutteloos aan wat pezen en een stuk huid. De helse pijn dreef mijn woede alleen maar verder op. Ik kroop dwars over de bouwplaats, me niet langer bekommerend om de schade die ik aanrichtte. Over de weg kwamen dorpelingen met weer een stel van hun machines aanzetten. Ik ging op mijn knieën zitten, zette mijn handen aan mijn mond en toeterde zo hard ik kon een vloek hun kant op.

"BODDROENKR!"

Alle mensjes vielen plat op de grond. Ik kroop voorbij, ondertussen graaide ik links en rechts naar de spartelende lichamen om ze in mijn mond te steken en in stukken te scheuren. Ik genoot met volle teugen. Ieder leven dat ik nam, verminderde de pijn die ik voelde. Ik stond op, mijn voeten stonden als grappige zwemvliezen in een rechte hoek opzij, en ik liep verder, als een steltloper, op mijn witte gekartelde botten. Het was moeilijk om in evenwicht te blijven en regelmatig viel ik dan ook, met uitgestrekte armen om de val te breken. Ik zag het dorp liggen. Lichtjes brandden

achter de ramen, de schoorstenen kringelden plukjes rook. Ik zat hijgend op mijn knieën, bloed droop van mijn baard, mijn handen. Ik brak een hinderlijke splinter van mijn scheenbeen af. Tussen mijn tanden voelde ik iets wriemelen, ik voelde en trok een nog levende man uit mijn mond. Hij leek op Neij Vedahr. Maar dan zonder onderlijf. Maar ja, alle mensen lijken op elkaar. Terwijl ik naar hem keek, verloor hij het bewustzijn. Ik haalde mijn schouders op, stak hem weer in mijn mond, kauwde en slikte door. Ik keek naar het dorp, het was dichtbij. Ik stond weer op en liep verder op mijn stelten. Toen ik over de poort wilde stappen, bleef ik met mijn bungelende voet achter een torentje haken en ik viel weer. Ik probeerde me nog vast te grijpen aan het kerkje maar dat liep uit op een rare draai waardoor ik niet alleen het kerkje, maar ook de andere gebouwen aan het plein verpletterde. Mensen renden gillend de straat op, ik kon ze makkelijk pakken, verpletteren en naar binnen schrokken. Wild sloeg ik met mijn armen om me heen en ik rolde heen en weer, zowel de gebouwen als de mensen verpletterend. Na een tijdje hoorde ik niemand meer schreeuwen of gillen en stond er geen huis meer overeind. Ik lag op mijn rug en keek hoe de hemel langzaam lichter werd. Daarna weer donker. Toen weer licht. Donker. Licht. Donker.

12. CONCLUSIES

"Maar vindt u dan dat de slachting in Achthoven niet bewijst dat de Reuzen uit het Reuzengebergte gewoon bloeddorstige menseneters zijn?"
Dr. Anna Lyzor kijkt gekwetst.
"Ik ben geen politierechercheur, en ook geen rechter. Ik ben paleontologisch psychologe. En als ik die kennis toepas op de situatie zoals we die in Achthoven hebben gezien en ik stel me voor dat het om een opgraving gaat van een paar miljoen jaar terug, dan zie ik dat de Reus een zachtaardig wezen was dat alles heeft gedaan om dat bloedbad te voorkomen."
"Wel, dat lijkt nogal recht tegen de ooggetuigenverklaringen in te gaan. Daar hebben we er twee van, ooggetuigen dus, in de studio."
De interviewer kijkt de zaal in en tegelijk zwenkt de camera weg van de ovale tafel, de studio in waar het publiek zit. De camera zoemt in op een kale man met een dikke hoornen bril. Een microfoon komt uit het niets en wordt voor zijn gezicht gehouden.
"Vertelt u eens, wat heeft u gezien?"

"Het was een rustige zondagmiddag. Gezellig met de

kleinkinderen in de tuin. Horen we eerst een enorm kabaal, als honderd trompetterende olifanten, maar dan erger. De grond begint te schudden, mensen gillen. En het volgende ogenblik was mijn huis zo plat als een dubbeltje. De Reus had het vertrapt met zijn grote dikke voeten."

"Oh? Ik dacht dat toen al zijn beide enkels gebroken waren?"

De man knippert achter zijn dikke brillenglazen.

"Met zijn knieën ja, dat klopt. Hij kroop op handen en voeten."

"En zag hij er vriendelijk en vredelievend uit, zoals Doctor Lyzor hier beweert?"

"Nee, helemaal niet. Ik heb nog nooit zoiets angstaanjagends gezien."

Terwijl hij dit vertelt, zie je hem weer bleek worden, de herinneringen worden levendig en ze zijn niet gemakkelijk. Hij slikt een aantal keren voordat hij verder gaat.

"Uit zijn mond zag ik een half lichaam bungelen. Het was volgens mij tante Agatha uit de Tweesteenstraat. Ze gilde als een bezetene. Toen hij verdween richting de markt vielen er nog een paar lichaamsdelen in de tuin. Die heb ik daarna maar bij elkaar geharkt, in een zak gedaan en aan de weg gezet om opgehaald te worden."

"Ja, ja, dat begrijp ik. En naast u zit mevrouw Atlass, klopt dat?"

Camera en microfoon schuiven een stoel naar rechts. De mevrouw buigt naar voren om in de microfoon te spreken.

"Inderdaad, Anja Atlass."

"Wat heeft u gezien?"

"Nou, ik was die dag op bezoek bij mijn nichtje in Zevenhoven. Maar dat toeteren waar de meneer naast mij het over had, konden we tot daar horen. Dat was echt vreselijk! Mijn zoontje moest ervan huilen en we konden elkaar maar moeilijk verstaan. Erg vervelend! Ik vind dat die Reuzen gewoon moeten blijven waar ze horen, in het Reuzengebergte. Ze hebben hier niets te zoeken bij ons fatsoenlijke mensen. Je ziet maar wat ervan komt!"

Het gesprek verplaatst zich weer naar de tafel.

"Dat is toch een heel ander verhaal dan dat van u, mevrouw Lyzor. Hoe verklaart u dat uw zachtaardige Reus al deze ellende aanricht?"

Anna Lyzor, die zich nu echt de kop van Jut begint te voelen en het idee krijgt dat ze helemaal niet is uitgenodigd om over haar recente onderzoek naar Neanderthalers te praten, maar als discussiekatalysator tegenover deze ooggetuigen en Pastor Donkeruften, die

haar met een minzame glimlach van tegenover de ovale
tafel zit aan te kijken. Gelaten haalt ze haar schouders
op.
"Misschien is hij geprovoceerd?" probeert ze nog.
En inderdaad, de Pastor laat zich graag uitdagen.
"Maar mevrouw Lyzor, hoe kunt u die Reus nou
verdedigen? Of welke Reus dan ook? Ze krijgen de
gelegenheid een centje bij te verdienen en de een na
de ander gaat over de schreef! Ze houden zich niet
aan de regels, zoals bijvoorbeeld het spreekverbod,
ze werken onnauwkeurig zelfs terwijl ze door een
ervaren machinist geholpen worden en dan nu als het
huiveringwekkende toppunt moorden ze het hele dorp
uit waar ze te gast zijn!" Doktor Lyzor zegt niets meer,
leunt achterover in haar stoel, de ogen neergeslagen.
De interviewer laat dit beeld even voortduren. Dan
haalt hij adem om zijn volgende vraag te stellen.
"Kunt u misschien wat meer vertellen over uw
bevindingen betreffende Neanderthalers? Ik
begrijp dat u hebt ontdekt dat Neanderthalers een
hoogontwikkelde beschaving hadden, in harmonie met
de natuur leefden, dat het diepzinnige filosofen waren
en zelfs naar de sterren reisden?"